おしりたんてい

どんなときでも れいせい。
すきなものは あたたかい のみものと
あまい おかし。(とくに スイートポテト)
しゅみは ティータイムと どくしょ。
くちぐせは 「フーム、においますね」。

ブラウン

おしりたんていの じょしゅ。
すなおさゆえ つい ちょうしに
のってしまう うかつもの。

マスター

カフェ『ラッキーキャット』の マスター。
じょうほうつう。 ラッキーな アイテムに
こだわりがある。 りょうりじょうずで
スイートポテトは ぜっぴん。
ほんみょうは 「たま」。

すず

マスターの むすめ。
おとこまさりで まけんきが つよい。
しゅみは ロックミュージックと
ボクシング。(みたり やったり)

おしりたんてい
ラッキーキャットは だれの てに!

ひさしぶりに ちちうえと
あうのですか もうすぐ
きねんびですからね

フム、プレゼントは
どうしましょう……

さく・え トロル

ある日の　ごご、しごとが　おちついた
おしりたんていと　ブラウンは
ティータイムを　たのしむため
『ラッキーキャット』に　むかいました。

おしりたんていさん！　ちょうど
いいところに　いらっしゃいました！

フム、マスター。わたしに
なにか　ごようでしょうか？

「オークションに　つきそって
もらおうと　おねがいに
うかがうところでした」

ハックション？

オークションとは、ねだんの　ついていない
ものに　それを　ほしいかたがたが　ねだんを
つけあって　せりおとす　かいものの
　　　　　　　　　　しくみのことです。

8まんねん
コイン！

9まんねん
コイン！

10まんねん
コイン！

いちばん　たかい　ねだんを
つけたかたが　かうことができます

おかね

まんねんコイン

オークションの　かいじょうとなる
「サザエーズ」では　おかねを
まんねんコインに　かえて
さんかします

だれが てにいれるのか！
ハラハラドキドキの
たたかいだ！

「らくさつしたいのは
この　3つの　まねきねこでして……」
マスターは　カタログを　ひらきました。

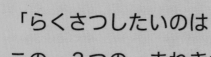

・まねきねこ 小
むかし おとのさまの
へやに かざられていたとか
いないとか
しゅっぴんばんごう 15

・まねきねこ 中
すずしげなめもとが
うつくしい
しゅっぴんばんごう 16

まねきねこって
ラッキーキャットとも
いうんだぜ
うちのみせのなまえの
ゆらいなんだ

・まねきねこ 大
こすぎる かおが
ポイント
しゅっぴんばんごう 17

『さんれんまねきねこ』
といって
もとは　ひとつの
セットなんです。

どこか わたしたち
かぞくに にていると
おもいませんか？

「じつは　もうすぐ　20年目の
けっこんきねん日でして、この
まねきねこを　ぜひ　つまの　ゆきへの
プレゼントにしたいんです」

あいの　あかし！ という やつですかね

「そういえば　すずさんの　おかあさんとは
まだ　あったことないですね」
　ブラウンが　いうと、すずは　しゃしんを
とりだしました。
「おふくろは　いそがしいからな」

わーびじん！
すずさんは
マスターに ですね！

どういう
いみだよ！

カタログを　パラパラ　めくっていた
おしりたんていは　いいました。

そうですね。わたしも
オークションに
おつきあいしましょう。

わるいね おしりたんていさん
オークション なんて はじめてだから
つきそってくれるだけでこころづよいです

オークションの　日_ひが　やってきました。
「おっ！　みんな　せいそうだな」
と　すずが　いいました。
「フム、『サザエーズ』は　れきしの　ある
オークションハウスなので　ドレスコードが
ありますからね」

ドレスコード とは
ばしょ によって きまった
ふくそう が あることです

おしりたんていたちは　オークションの
かいじょうに　むかいました。

あたいは
バイクでむかうよ

おしりたんていさんと
ブラウンくんは
わたしのくるまに
のってください

かいじょうは　たくさんの　ひとで
にぎわっていました。

にゅうさつしたいかたは
こちらで　お金を
コインに　かえてください。

20まんねんコイン！

25まんねんコイン！

カン！

しゅっぴんばんごう　3ばん。
『ターバンの　やぎ』。
25まんねんコインで
らくさつされました！

マスターは お金を
40まんねんコインに
かえました。

いったんロビーで
きゅうけいしましょう

おしりたんていたちは まねきねこの
ばんを まっていました。すると 男が
話しかけてきました。

マスターやないか！

マスター、すてきな
かっこうね！

カシマッセ まさみ
いえを かす
しごとを している

カニール
マスターいきつけの
バーバーケガニの
りょうし

みなさん
こんにちは。

マスターも 『さんれんまねきねこ』が
ねらいやな？ まねきねこコレクターの
あいだじゃ ちょっとした いっぴんや。
わても 3つ そろえるつもりやで！

コレクションの かちは さがるけど
1つだけでも らくさつしまっせ！
おみせに かざって しょうばい
はんじょうや！

らくさつしたいもの

もっているコイン
10まんねんコイン

わたしは 『中』を らくさつするつもり。
おかおが クールで すてきよね！

らくさつしたいもの

もっているコイン
15まんねんコイン

うふ♡ びよううんが
あがりそうでしょ！

ホホホ！ まねきねこは 思ったより
にんきが あるのですね。

声が　したほうを　ふりかえると
かっぷくの　よい　男が　たっていました。

わたくしは　こびじゅつしょうの
ねずみ　こうぞうと　もうします。

どうぞ

よろしく

こびじゅつ
しょう？

ふるい　じだいの
びじゅつひんを
うりかいする　しごとの
ことですよ

なんや　あんたも　まねきねこを
ねらっとるんかいな！　ほな　ここに　おる
みんなが　ライバルっちゅう　わけやな。

「いちばん　おもい　まねきねこは
かならず　わたくしが　いただきますよ」
と　いい　ねずみたちは　オークションの
へやに　はいっていきました。

オークションは　つづいています。

しゅっぴんばんごう12
『こきょうへの　しるべ』
らくさつ！

カン！

は…
8まんねんコイン！

『といかける　ふで』
らくさつ！

カン！

6まんねんコイン！

『ちかいの　うつわ』
らくさつ！

カン！

7まんねんコイン！

よいしょ！
よいしょ！

ブラウン　まねきねこの
ばんがきましたよ

『まねきねこ小』の　オークションが
はじまりました。

しゅっぴんばんごう　15ばん。
『まねきねこ小』。

2まんねんコイン！

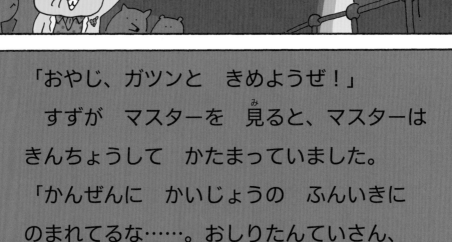

「おやじ、ガツンと　きめようぜ！」
　すずが　マスターを　見ると、マスターは
きんちょうして　かたまっていました。
「かんぜんに　かいじょうの　ふんいきに
のまれてるな……。おしりたんていさん、
なにか　アドバイスを　たのむ！」

マスター、まずは　しんこきゅうです。
先ほどの　カシマッセさんとの　かいわを
思い出せば　らくさつできるはずですよ。
マスターは　なんまんねんコインと　いえば
よいでしょう？

ねずみさんが　うごくようすは　ありませんし
ここは　マスターと　カシマッセさんの
いっきうちに　なりそうですからね

2の　つぎは　3だから
3まんねんコイン！

どどーんと
100まんねんコインで
らくさつだ！

ふ——っ。えーと、
11まんねんコインでしょうか……。

フム、ちがいますね。カシマッセさんは
まだ　8まんねんコイン　おもちなので
まけてしまう　かのうせいが　あります。

4まんねんコイン！

フム、ちがいますね。マスターが　おもちの
40まんねんコインを　はるかに
こえています。

しけてんな！

うちも
たいへんなんだよ

そうですね。カシマッセさんが　おもちの
10まんねんコインを　うわまわれば
コインを　だしすぎることなく　かくじつに
らくさつできますね。

まずまずの
はいぶんだと
おもいます

11まんねんコイン　つかっても　まだ
29まんねんコインあります！

マスターは 「11まんねんコイン！」
と さけびました。
「ほかに いらっしゃいませんか？
『まねきねこ小』は 11まんねん
コインで らくさつです」

『まねきねこ中』のばんです。
にゅうさつを つげる声が
とびかいます。おちつきを
とりもどした マスターは かんがえます。

5まんねんコイン！

7まんねんコイン！

11まんねんコイン！

カニールさんは 15まんねんコインを
もっていると いっていました。ですから
かくじつに らくさつするためには……。

また
まけた～

みなさんも
かんがえて
みましょう

16まんねんコインです！

17まんねんコイン！

かぶせるように　カニールが　声（こえ）を
あげました。

「ええっ！　カニールさんは　ぜんぶで
15まんねんコインだったはずじゃ!?」

「フム、なかなか　さくしのようですね。
オークションは　しょうぶの　せかいなので
ほんとうのことを　いわなかったのでしょう」

カニールさんの　おもちの
コインが　わからない　いじょう、
この　しょうぶは　たいへん
むずかしいですね。

「大（だい）」も ひかえてますし のこりは 13まんねんコイン……

カニールさん
やるなぁ

マスター
ごめんなさいね♡

すると　とつぜん　すずが　いいました。

へそくり
もってきてんだろ！
その　金を　たして
げんかいまで
しょうぶしろよ！

い、いや
もってきて
ないよ。

おやじは　うそを　ついてるな。へそくりを
かくしている　ばしょを　見つけて、おやじに
しょうぶさせるんだ！　あやしいところを
してきしたら　どうようするはずだ！

ぼうしの　中でしょうか？

ひとみの　うごきで　うそを
みぬくことも　できるのですが
目が　わらって　いるので
わかりづらいですね

ポケットの　中か？

くつの　中だったり？

あーっ！　くつの　中《なか》って
いったら　マスターの
かおいろが　ちょっと
かわりました！

くつには　お金《かね》が　しのばせてありました。
すずは　すぐさま　お金《かね》を　コインに　かえ、
マスターに　わたしました。

「まさか　つかうことに
　なるなんて……」

めいたんてい
ブラウン！

きねんびに
パーマをあてようと
おもっていたのに……

マスターは　ぶじ　『まねきねこ中』を
らくさつしました。そして、ついに
『まねきねこ大』の　ばんが　きました。

あり金　はたくでぇ！
10まんねんコインで　どうや！

この　いきおいで　『大』も
らくさつしますよ！
11まんねんコイン！

あなたには
まけたわ…
マスター♡

1000まんねんコイン!!

い、1000まんねんコイン!?

ねずみの　つけた　ねだんの　たかさに
へやじゅうが　しずまりかえります。

で、では『まねきねこ大』は
1000まんねんコインで
そちらの　しんしが
らくさつです。

すべての　オークションが　おわりました。
マスターは　らくさつした　2つの
まねきねこを　うけとりました。
「それにしても　『大』の　ねだんには
おどろいたな。そんなに　かちが　あるのか？」
と　すずが　いいました。そこへ
カシマッセが　やってきました。
「ざんねんやったな。まぁ　あいてが
わるかったで。こびじゅつしょうの
ねずみに　とっちゃ　オークションは
おてのものや」

あくどいしょうばいに
てを　だしてるなんて
よくない・うわさも
あるんや

『大』より　おもいんです
きをつけてくださいね

おうわさを
すれば　かげ

「つまと　すずに　にた　まねきねこは
手に　はいったので　よかったです……」
　マスターは　さみしげに　いいました。
「せやけど　なんで　ねずみは　『大』だけ
らくさつしたんやろ？　3つ　そろわないと
コレクションとしての　かちは　ないし、
ゆうめいな　びじゅつひんでも　ないで。
プロなのに　見る目　あらへんなぁ」
と　いい　カシマッセは　さっていきました。

いえにおやじみたいな　かおの
まねきねこ　いっぱい　あんだろ
そこから　てきとうに　えらんで
プレゼントに　しろよ！

こんど　コーヒー
のみに　いくわね♥

　おしりたんていたちは　かえるため
ちゅうしゃじょうに　むかいました。
すると……。

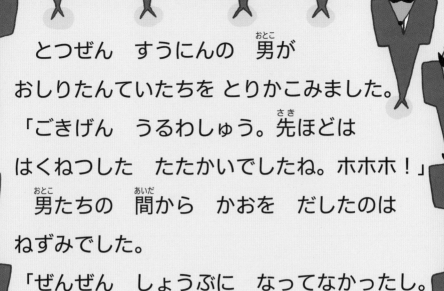

とつぜん　すうにんの　男が

おしりたんていたちを　とりかこみました。

「ごきげん　うるわしゅう。先ほどは

はくねつした　たたかいでしたね。ホホホ！」

　男たちの　間から　かおを　だしたのは

ねずみでした。

「ぜんぜん　しょうぶに　なってなかったし。

あたいたちに　ようでも　あんのか？」

と　すずが　たずねました。

じつは　おねがいが　ありまして……。

「ホホホ！　お金では　うごかないと。
　ならば　ちからずくで　いただきましょうか」
「はっ？　じょうだんは　よせよ」
と　すずが　いいました。
「じょうだんでは　ありません。わたくしは
まねきねこを　ぜったいに　手に
いれなければ　ならないのです！
やっておしまい！」
　ねずみの　声に　あわせ、　男たちが
マスターめがけ　とびかかりました。

おやじ
あぶない！

これも

しごと

ガッ!!

すず！

すずさん！

だいじな　むすめに
手<small>て</small>を　だされて……

だまっちゃ
いられないな。

ひさしぶりに　ひとあばれさせてもらうとするか。

むかしは　オレも　リングの　うえで　ちょっとしたもんだったんだ
しっぷうの　たまちゃんなんて　よばれてな

ユウリ...

マスターがボクシングを
やっていたとは はつみみです

たまちゃん？

おやじのなまえ
たまっていうんだ

「こてんぱんに やっておしまい！」
ねずみの あいずと ともに 男たちが
いっせいに とびかかりました。

あんしんしな！ つめは たてねえぜ！
にゃぁぁぁぁぁぁぁぁぁぁ〜！

「こ、こしが……。としには
かてません…ね…ガクッ」
「しかたねぇ、やっぱり　あたいが！」
すずが　前に　とびだしました。

「フム、このままでは　きけんですね。
ねらいは　まねきねこの　ようですから、
わたしが　おとりに　なり　時間を
かせぎます。ブラウンたちは　車で
にげてください。ちゅうしゃじょうの　先の
ポストの　前で　ごうりゅうしましょう」

おしりたんていは　まねきねこを　かかげ
ねずみたちに　むかって　いいました。
「まねきねこは　こちらです！」
男たちが　いっせいに
おいかけてきました。

ちゅうしゃじょうを
ぬけ　ポストを
めざしましょう。

「おしりたんていさん！　こっちだ！」
　おしりたんていは　すずの　バイクに
とびのりました。

　バイクが　はしりだします。マスターの
車も　はしりだした　そのときです。
おってきた　男たちが　なにかを
なげつけてきました。

おおきな　はれつ音が　して、
マスターの　車が　とまりました。
「フム、ぶきを　つかって　タイヤを
パンクさせたようですね」

ぶきなんてずるいぞ！

しょくぎょうから
いろいろ
もっているのですよ
ホホホ

ぶきじゃなく

びじゅつひん

「おやじたちを　たすけないと！」
　ひきかえそうとする　すずを
おしりたんていが　とめました。
「フム、ここで　つかまっては
マスターたちを　たすけることは
できません。いまは　にげて
たいせいを　たてなおしましょう」

おってから　にげきるため　ちかを　とおって、
かくれながら　『ラッキーキャット』へ
もどりましょう。

おなじ いろの やじるしの かんばんの いりぐちと でぐちは つながっています

おってを　まいた　おしりたんていたちは
『ラッキーキャット』に　もどりました。
「いったい　なんなんだよ。そうだ！
ワンコロけいさつに　つうほうしないと！」
　すずが　じゅわきに　手を　のばした
そのとき、でんわが　なりました。

マスターたちは　おあずかりしました。
まねきねこと　こうかんです。
みなとで　おまちしています。つうほうしたら
おふたりが　どうなるでしょうね。ホホホ！

フーム
においますね
ちいさいほうが
おもい……

「おやじと　ブラウンを　ひとじちに
とるなんて　ひきょうな　やつだ！」
「フム、どんな　きけんが　あるか
わかりません。みなとへは　わたしが
むかいましょう」

あたいも
いく！

「すずさんには　おねがいが　あります。
ねずみさんに　気（き）づかれないよう
ワンコロけいさつの　かたを　みなとへ
つれてきてください。それと　バイクを
おかりしたいのですが……」

プポンッ！

いっぽう　みなとでは　おちつかない
ようすの　ねずみが　おしりたんていたちが
くるのを　いまかいまかと　まっていました。
「こんな　はんざいまがいのことまでして
なぜ　まねきねこが　ほしいんですか？」
と　マスターが　ねずみに　たずねました。
「オークションで　らくさつすれば
よかったじゃないか。いみわかんないよ！」
　　ブラウンも　声を　あららげました。

おかねは
いっぱい
もってるくせに！

イラ　イラ

「いみが　わからないのは　こっちだって
おなじです！　いちばん　おもい
まねきねこだって　いうから　『大（だい）』を
らくさつしたのに！」
と　いいかえした　ねずみの　ことばを
聞（き）いて、マスターは　ハッとしました。
「『中（ちゅう）』と　『小（しょう）』を　もったとき、
『小（しょう）』のほうが　すごく　おもかったです」

ちいさいほうが
おもくて
へんだなと
おもったんですよ

「いちばん　おもい　まねきねこは
『小（しょう）』だったのですね！　まったく
ボスは　あいまいな　しじを　なさる」

ボスって　だれのこと？

ねずみは　目を　カッと　ひらきました。
「しゃべりすぎてしまったようですね……。
ボスが　いることを　知られては
きえていただくしかなさそうです」
「えっ!?　どういうこと!?」
「ことばどおりの　いみですよ。
これから　いらっしゃる
おともだちも　まとめて
きえていただきます」

やりかた
いろいろ

MAGIC SHOW!!
パッ
はい
きえましたー

ちょうど　そこへ　バイクに
のった　おしりたんていが
やってきました。

キュ…

「フム、まねきねこを　おもちしましたよ」
「では　こちらまで　おもちください。
わたくしが　うけとったあと　おふたりを
かいほうしましょう」
と　ねずみが　いいました。

おしりたんていさん！　こいつは　ぼくたちを
かいほうする　気なんて　モゴ！！

おくちに

チャック

45

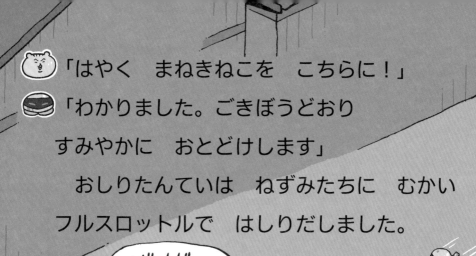

「はやく　まねきねこを　こちらに！」

「わかりました。ごきぼうどおり
　すみやかに　おとどけします」
　　おしりたんていは　ねずみたちに　むかい
　フルスロットルで　はしりだしました。

ザザッ

「ホホホ！　ぜんそくりょくで　つっこんで
わたくしたちを　けちらそうって　気ですか！
おまえたち、かえりうちにしておやり！」
　　男たちは　おしりたんていに　むかって
　　　　いっせいに　ぶきを　なげました。

46

そのスピードで　ころんだら
どうなりますかねぇ。

ま、まって わたくしは
ボスに いわれただけで……

49

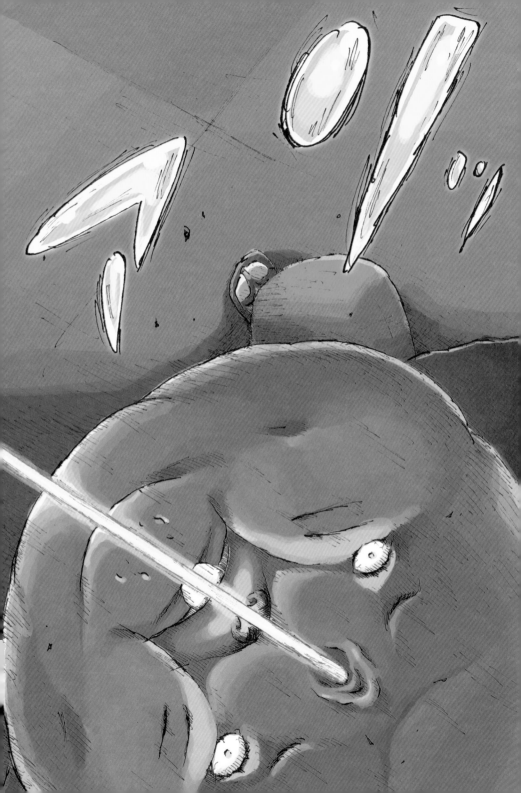

「フーム、しつれいこかせていただきました。
バイクを　とめるため　かならず　ぶきを
つかってくると　思い、タイヤに　さいくを
させていただきました」

タイヤは
べんしょうさせて
いただきます

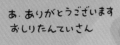

くさ…
い……

あ、ありがとうございます
おしりたんていさん

まさかの……　　けつまつ……

　おしりたんていは　そばにあった
『大』を　手に　とりました。
「やはり　かるいですね……」
「そういえば　ねずみさんも　おもさに
こだわっていました。なぜですか？」
と　マスターが　たずねました。

3つ そろって さんれんまねきねこに なった!

フム、3つの まねきねこを しらべれば りゅうが わかります。かおと こばんと サイズいがいで あきらかな ちがいが 1つ ありますね。 どの まねきねこでしょう?

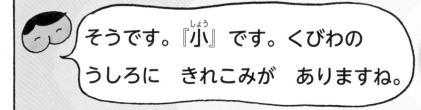

そうです。『小』です。くびわの
うしろに　きれこみが　ありますね。

「なんですか？　この　きれこみ？」
と　ブラウンが　たずねました。
「フム、すぐに　わかります」
　おしりたんていが　『小』を　くまなく
しらべると　そこが　パカリと　はずれ
こばんが　とびだしてきました。
「ちょきんばこに　なっていたのですよ」

あのとき　きれこみに
きづきました

「ううっ。こばんが　はいっていたのですか。
あいまいな　しじのせいで　こんなことに」
ねずみが　ちからなく　いいました。

　ねずみは　おいおいと　なきだしました。
「だれだって　いちばん　おおきい
まねきねこが　おもいと　思いますよねぇ。
らくさつする　まねきねこを　まちがえた
わたくしを　ボスは……かいとうＧは
ゆるさないでしょう」

うみの

もくず

かいとうＧ？

けされてしまいますぅ

そこへ　ワンコロけいさつを
つれた　すずが　やってきました。

「ねずみは　はんざいグループと
とりひきしているという　うわさが　あり
しらべを　すすめていたのです」

「ねずみの　たいほが　はんざいグループを
あばきだす　手がかりに
なるかもしれません！」

「とりしらべで　じっくり　はかせて
やりますよ！」

おーい！
だいじょうぶかー！

156-K

156-K

タイヤの　べんしょうは
おまえたちに　してもらおうかな
せいきゅうしょ　おくるわ

56

つぎの日、おしりたんていは
すこし　むずかしい　かおで　新聞を
読んでいました。

まいごカモ？

ニュース しんぶん

**じつろくレポート
かいとうアカデミーとは!?**

かねてより　しゅさいを
こくさいけいさつ　すすめ
とうアカデミー』の　はんざいグループ　ついに
めた　ほんし。あらゆる　あくじを
らき　せかいじゅうから　きんぴんを
つめているという。ボスは　だ
れ？どこに　ある？など
などでは

ふかまるばかりだ。

ねずみモ かんよ？

さくや　たいほされた　ねずみ
（42さい）は　かいとうアカデミーとの
つながりを　しさしたという。しかし、げ
んざいは　かんぜん　もくひを　つらぬい
ている　もよう。

▲ ボスか!?
こくさいけいさつより
にゅうしゅ

**イベント
じょうほう**
ホーホーはくぶつかんで
こばんのてんじ
はじまる

オークションに
しゅっぴんされた
まねきねこから
むかしの　おかね
である　こばんが
はっけんされた。その
かがやきを
おみのがし
なく。

かいとうアカデミーですか……。
フーム、においますね。

57

「ほんとだ！　においますね！
　マスターの　りょうりかな？」
ブラウンは　はなを　ヒクヒクと
うごかしました。
「そのとおり！　おやじの　りょうりが
そろったところだよ」
　すずが　じむしょに　かおを
だしました。おしりたんていと
ブラウンは　マスターの　おれいの
おもてなしを　うけるため
『ラッキーキャット』に　むかいました。

フム　いまは
マスターの　りょうりを
たのしみましょうか

おなか
ペコペコです

きたいしろよ〜

ラッキーキャットは だれの てに
〜おしまい〜

『ラッキーキャット』には　マスターが
うでに　よりを　かけて　つくった
たくさんの　りょうりが　ならんでいました。
「ねずみさんが　つかまってしまったので、
『まねきねこ大』は　さいごに　いちばん
たかい　ねだんを　つけた　わたしが
らくさつしたことになったのです」

かぞくが
そろいました

「ほんとうに　よかったですね。でも、
けっこんきねん日の　プレゼントが
まねきねこって、あまり　聞かないですよね」

ブラウンが
いっても
せっとくりょく
ないぜ！

すず…
おまえもな…

「話せば　ながいんですが……」
マスターは　てれくさそうに
かたりはじめました。

これでしっかり
しらべてますから！

20年前の　ある日……。

シュッ

シュッ

はぁ はぁ
げんりょうは
つらいぜ！

1

わたしは　川で
おぼれてしまいました。

あ…
しまった！

つる

2

ながれてきたものに
ひっしに　しがみつくと、
なんと　まねきねこでした。

3

4

まねきねこは　女の子が
おとしたものでした。その
女の子が　いまの　つまです。

61

「いらい、まねきねこが わたしの
ラッキーアイテムに なりました。
けっこんきねん日には であいを
いわって まねきねこを
プレゼントすることにしたんです」
「であいの きっかけに なった
まねきねこを 見たいです！」
と ブラウンが いいました。

いや〜
あのころは
わかかった

へぇ ただの
まねきねこ コレクターだと
おもってたよ

ぼくもすてきな
おんなのこと
であえたりして

マスターは お店の おくへ はりきって
まねきねこを とりに いきました。
しばらくすると マスターの
さけび声が 聞こえてきました。

ない！

おしりたんていたちが　いそいで　お店の
おくへ　むかうと、けっそうを　かえた
マスターが　いました。

あの　まねきねこが　ないんだ！
オークションへ　いく前には　あったのに！

マスターが　たなに　手を　かけた
そのときです。たなが　かたむき、
たいりょうの　まねきねこが　マスターに
ふりそそぎました。

ぎゃぁぁぁぁぁぁぁ。

「わ、わたしのことは　いいから、
まねきねこを　たのむ……ガクッ」
　そう　いいのこし、マスターは
ひとみを　とじました。

おい
おやじ！

「あんなに　ひっしで　さがしてたのに
ないってことは　ぬすまれたんですかね？」
と　ブラウンが　いいました。
　まどや　ドアを　しらべていた
おしりたんていが　いいました。
「フム、ごういんに　かぎを
あけられたような　あとは
ありませんね」

いつも　とじまりは
しっかりしてるけどな

「じゃあ　なんで　ないんだろう？　まさか
じぶんで　でていったとか!?」
　ブラウンは　ぶるりと　ふるえました。
すずは　おしりたんていに　いいました。
「また　いらいしても　いいか？　おやじの
まねきねこを　見^みつけてくれないかな」

まねきねこが
つづくけどさ

おまかせください。マスターの　たいせつな
まねきねこを　かならず　見^みつけましょう。

「フム、まずは　きえた　まねきねこが
どんなものか　知^しりたいですね」

「あたいも　はじめて　聞^きいた　話^{はなし}だから、
わからないなぁ。そうだ！　おやじは
まねきねこが　ふえるごとに
しゃしんを　とっていたはず！」

　すずは　ひきだしから　ファイルを
とりだしました。

これが さいきんの
しゃしんだな

しゃしんと　見^みくらべれば
なくなった　まねきねこが
わかりますね。どの
まねきねこでしょう？

ったく

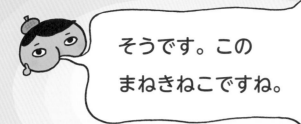

そうです。この
まねきねこですね。

「ボロボロですね。ぬすむような　かちが
あるとは　思えないなぁ」と　ブラウン。

「フム、おおきくて　目だちそうですね。
まずは　『ラッキーキャット』の　まわりで
この　まねきねこを　見たひとが　いるか
さがしましょうか」

「聞きこみですね！」
と　はりきって　とびだした　ブラウンに
おしりたんていが　いいました。

「まってください。こうりつよく　さがす
ほうほうが　あります」

マスターは　オークションに　出かける　前には
あったと　いっていました。きのうも　この
あたりに　いたかたに　話を　聞くのです。
フム、3にん　いますね。どなたでしょう？

7ページとくらべてみましょう

そうです。この
3にんの かたがたですね。

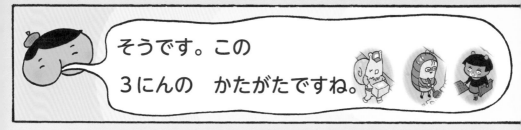

おしりたんていは 話を 聞きました。

…見て…ないっす…ね……。

ンヅフッ すずどの！ ぼくは なにも
見てないですぞ。

それより てつどうカフェ という レアな
イベントが ありましてね でんしゃの
はしる おとが よくひびくんですよ
これがぁ〜 ンヅフッ
じつは イベントの チケットが
2まい あまってるんですよねえ…… チラッ

お サンキュー
ダチ とでも いくわ

見たわよ！ これを もってた ひとに
チラシを わたしたわ。「ちかくだから
よってみます」って いってたから よく
おぼえてるわ。

え？ これって
まねきねこなの？

じぶんででていった
わけじゃなかった！

「おお！　どんな　やつだった？」
と　すずが　たずねました。

「うーん。かおは　見えなかったけど、
ポニーテールで　チェックの　シャツに
みずいろの　ズボンだったような……」

「はぁ〜。そんな　かっこうの　やつ
けっこう　いるよな。たいした
じょうほうは　なかったな」

　すずは　がっかりしています。

ごきょうりょく
ありがとうございます

「いえ、手がかりは　ありましたよ」
と　いって　おしりたんていは　チラシを
かかげました。
「まねきねこを　もっていた　ひとは
『ちかくだから　よってみます』と
いっていましたね。チラシの　お店の
まわりに　いる　かのうせいが　たかいです」

さがす はんいが
ずいぶん しぼれそうです

なるほど！

おしりたんていたちは
お店に　むかいました。

「ポニーテールで　チェックの　シャツに
みずいろの　ズボンの　おきゃくさまなら、
きょうの　お昼(ひる)ごろに　いらっしゃいましたわ」
「フム、ほかに　おぼえていることは
ありませんか？」

おしゃしんの　にもつは
もっていませんでしたけど
あら？　そちらの　かのじょと
ふんいきが　にていた　ような……

「メイクどうぐについて　ごせつめいしたら
『すてきな　メイクが　できそうです』って
よろこばれて、おれいに　いただきましたわ」
　店(てん)いんさんは　うれしそうに　バッジを
見(み)せました。

73

おしりたんていたちは　お店を　出ました。
「手がかりが　とだえちゃいましたね」
ブラウンは　がっかりしています。
あたりを　見ていた　おしりたんていが
いいました。

先ほど　店いんさんに　見せていただいた
バッジの　マークと　おなじ　マークの
かんばんが　ありますよ。手がかりに
なるかもしれません。いってみましょう。

そうです。ここですね。

あっ！

　ぶあつい　ドアの　むこうから
じゅうてい音が　ひびいています。
「なんですか　ここ。うすぐらいし
ごちゃごちゃして　こわいです」
　ブラウンは　声を　ひそめました。
「フム、ライブハウスですよ」
　おしりたんていは　すずの
ほうへ　ふりかえり　いいました。

ライブハウスとは
おもに　おんがくなどを
えんそうし　おきゃくさんが
それを　たのしむ
ばしょです

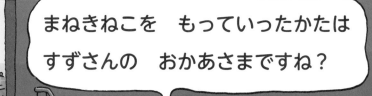
まねきねこを　もっていったかたは
すずさんの　おかあさまですね？

すずは　きまりわるそうに　こたえました。

「たぶん　そうだと　思う。

おしりたんていさんは　いつから

気づいてたんだい？」

「ポニーテールで　チェックの　シャツに

みずいろの　ズボンという

目げきじょうほうを　えたときです」

　　じぜんに　あるものを　見ていたので、そう

すいりできました。あるものとは　なんだと

思いますか？

そうです。すずさんから　きのう
見（み）せてもらった　おかあさまの　しゃしんです。

ポニーテールに
チェックの シャツ
みずいろの ズボン
もくげきじょうほうと
おなじ ふだんぎを
おめしになっているようなので

「『ラッキーキャット』の　かぎが

ごういんに　あけられた　あとが

なかったことから　かぎを　おもちで、

さらに　目（もく）げきじょうほうと

いっちするかたは　かぎられますからね。

いじょうのことから　おかあさまが

かんけいしているのではと　すいりしました」

「へぇ〜。じゃあ　ドアの　むこうに
すずさんの　おかあさんが　いるんですね！
ここで　なにしてるんですか？」
　　ブラウンは　ワクワクして　たずねました。
「まぁ　はいってみれば　わかるよ」
　　すずは　ライブハウスの　ドアを
あけました。

ぎゃ〜〜〜！　ばけもの〜〜〜！！！

うたっていた　ひとは
おどろいて　すずを　見ました。
「すず!?　なんで　ここに？」
「まねきねこを　さがしてたら
たどりついたんだ」

こんしゅうは
バイトやすみだって
きいてたのに

あたい ときどき
ここでも
バイトしてんだ

「あの　ばけも……、いや　あの　ひとが
すずさんの　おかあさんなんですか!?」
ブラウンは　こんらんしています。
「おふくろは　『LUCKY CAT』っていう
バンドの　ボーカルで、せかいじゅうで
えんそうしてるんだ」

すずは　ふてくされて　いいました。
「なんで　まねきねこを　だまって
もっていったんだよ」
そこへ　ライブハウスの　オーナーが
やってきました。

「ゆきさんは　20年目の
けっこんきねん日に、マスターと
すずちゃんの　ために　シークレットギグを
じゅんびしていたんだ。『LUCKY CAT』の
ステージには　いつも　まねきねこを
かざるんだけど、こんかいは　いちばん
たいせつな　まねきねこを
かざりたいってね」

シークレットギグって
いうのは　ひみつの
ライヴのことだよ
ぼくは　ジョン・ウマモト
ジョンって　よんでください

「こっそり　もっていってしまって
ごめんなさい。あの　まねきねこは
おとうさんと　わたしの　あいの
あかし……。それが　ステージに　かざって
あったら　とっても　よろこぶと　思ったの」

よろこぶどころか
とんでもないことに
なったけどな

う〜ん…
かわの
むこう…て
まねく…
ねこ…

82

「でも　ステージに　あの　まねきねこは
ないみたいですけど？」
ブラウンが　くびを　かしげました。

フム、ありますよ。
どれか　わかりますか？

みためは　かわっていますが
かたちは　おなじです

そうです。
これですね。

メイクどうぐで
かわいくしてみたのよ
どうかしら?

すずさんの ぶきようさは
おかあさんに
なんですね!

ギグの　じかんが　せまってきました。

ゆきは　すずに　チケットを　わたしました。

「おとうさんを　つれてきてね。もちろん

わたしのことは　ないしょよ」

「まかせな!」

と　すずは　うれしそうに

　　チケットを　うけとりました。

おれが とどける
よていだったんだけど
たのむね

「バンドかぁ。かっこいいな!」

と　ブラウンが　いいました。それを

聞いた　ゆきが　いいました。

「よかったら　ギグに

さんかしませんか?」

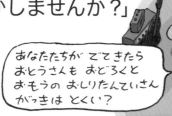

あなたたちが でてきたら
おとうさんも おどろくと
おもうの おしりたんていさん
がっきは とくい?

どの がっきも
たしなむ ていどには
フーム……

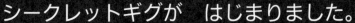

あつい　ギグは　よどおし　つづきました。

ゆきーっ！
あいしてるぞー！

すごいねっきだね

　　つぎの日、おしりたんていが　テーブルの

上で　おさらを　ラッピングしていました。

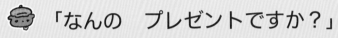「なんの　プレゼントですか？」

「フフッ。けっこんきねん日ですよ」

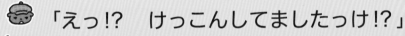「えっ!?　けっこんしてましたっけ!?」

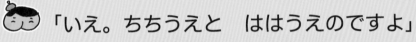「いえ。ちちうえと　ははうえのですよ」

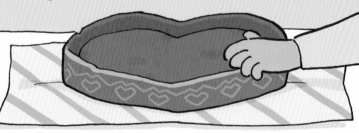

　　「いつの間に　よういしたんですか？」

と　ブラウンが　たずねました。

フム、いつだと
思いますか？

87

そうです オークションです
ちちうえと ははうえに
ぴったりの プレゼントが
みつかって よかったです

ダンディさんも
よろこびますよ！

みろ このかたち！
このもよう！
おおむかしの
きちょうな さらだぜ！

もりつけるから
はやく かしなさい

おもいでの まねきねこ
～おしまい～

● 作者紹介　トロル

トロルは田中陽子（作担当・1976年生まれ）と深澤将秀（絵担当・1981年生まれ）による
コンビ作家。本作のほかに、絵本「おしりたんてい」シリーズ（ポプラ社）がある。

かくれ
もんだいの
こたえだよ！

7ページ
3コの おしりを さがせ

8-9ページ
3コの おしりを さがせ

34-35ページ
5つの おしりを さがせ

38-39ページ
5つの おしりを さがせ

69ページ
3コの おしりを さがせ

74-75ページ
12コの おしりを さがせ

76ページ
1コの おしりを さがせ

83ページ
金の おしりを さがせ！

おしりたんていファイル (9)

おしりたんてい
ラッキーキャットは だれの てに！

発行　2019年8月　第1刷

作・絵　トロル

発行者　千葉 均　編集 高林淳一　林 利紗

発行所　株式会社ポプラ社
〒 102-8519　東京都千代田区麹町4-2-6
電話　03-5877-8108（編集）03-5877-8109（営業）
ホームページ www.poplar.co.jp

印刷　図書印刷株式会社

製本　株式会社ブックアート

装丁　楢原直子（ポプラ社デザイン室）

校正　株式会社鷗来堂

ミックス
責任ある木質資源を
使用した紙
FSC® C013238

かるがもたさんちの ななつご
カモいちろうくん ➡ 7ページ
カモじろうくん ➡ 8ページ
カモさぶろうくん ➡ 35ページ
カモよんろうくん ➡ 35ページ
カモごろうくん ➡ 39ページ
カモろくろうくん ➡ 38ページ
カモしちろうくん ➡ 42ページ

ISBN978-4-591-16355-9　N.D.C.913　88p　22cm
©Troll 2019　Printed in Japan

P4123009

ほんの かんそうを
きかせて ください ね。
あなたの おたより
まっていますよ！

ラッキーキャットは だれの てに!

ボスとか かいとうGとか いったい
なんだったのかな? それにしても
ねずみは ほんとに わるいやつだ!
ぼくたちを けそうとするなんて。
うみの もずくに されるところだった。
あれ? もくずだっけ? もずく?
もくず? こんらんしてきたから
きょうは もう ねよう。

おもいでの まねきねこ

すずさんの おかあさんには
おどろいたけど、はなれていても
おたがいを おもいあう すてきな
かぞくだなぁ。はじめての ライブも
たのしかった! でも とちゅうから
めの まえが まっきいろに
なって きおくが とんでしまった。
こうふんしすぎたのかな……。

ブラウンにっし より